Para mi hija, la doctora Cissy Burnside, veterinaria capaz
de ponerle el cascabel a cualquier gato
—P.M.

Para la bella Madison
—R.C.

Text copyright © 2005 by Pat Mora
Illustrations copyright © 2005 by Raul Colón
Translation copyright © 2005 by Random House, Inc.

All rights reserved. Published in the United States by Dragonfly Books,
an imprint of Random House Children's Books, a division of Random House, Inc., New York.
Originally published in hardcover in the United States by Alfred A. Knopf,
an imprint of Random House Children's Books, a division of Random House, Inc., New York, in 2005.

Dragonfly Books with the colophon is a registered trademark of Random House, Inc.

Visit us on the Web! www.randomhouse.com/kids

Educators and librarians, for a variety of teaching tools, visit us at
www.randomhouse.com/teachers

Library of Congress Cataloging-in-Publication Data
Mora, Pat.
[Doña Flor. Spanish]
Doña Flor : un cuento de una mujer gigante con un gran corazón / por Pat Mora ;
ilustrado por Raul Colón ; traducido por Teresa Mlawer.
p.   cm.
Summary: Doña Flor, a giant lady with a big heart, sets off to protect her neighbors
from what they think is a dangerous animal, but soon discovers the tiny secret behind the huge noise.
ISBN 978-0-375-82337-4 (trade) — ISBN 978-0-375-92337-1 (lib. bdg.) —
ISBN 978-0-679-98002-5 (Span. lib. bdg.) — ISBN 978-0-440-41768-2 (Span. pbk.)
[1. Giants—Fiction. 2. Puma—Fiction. 3. Villages—Fiction. 4. Tall tales. 5. Spanish language materials.]
I. Colón, Raul. II. Mlawer, Teresa. III. Title.
PZ7.M78819Don 2005b
[E]—dc22
2005040793

MANUFACTURED IN CHINA

12 11 10 9 8 7 6 5 4 3

Random House Children's Books supports the First Amendment and celebrates the right to read.

UN CUENTO DE UNA MUJER GIGANTE CON UN GRAN CORAZÓN

DOÑA FLOR

por **Pat Mora** · ilustraciones de **Raul Colón** · traducción de **Teresa Mlawer** y **Pat Mora**

Dragonfly Books —— New York

Todas las mañanas durante el invierno, en cuanto el sol abría un ojo, Doña Flor tomaba un puñado de nieve de una montaña próxima.

—*Brrrrrrrr* —decía mientras se frotaba la nieve en la cara para despertarse.

Muchos años antes, cuando Flor era un bebé, su mamá le cantaba con una voz dulce como el murmullo de un arroyo. Cuando la mamá de Flor cantaba a las plantas de maíz, éstas crecían tan altas como los árboles, y cuando le cantaba a su hija, su dulce flor, ésta también crecía y crecía.

Algunos niños se burlaban de Flor porque era diferente.

—¡Oye! ¡Mira! ¡Pies gigantes! —le gritaban al pasar.

—¡Qué manera de hablar más rara! —cuchicheaban. Y es que Flor charlaba con las mariposas y los saltamontes. Conocía todas las lenguas, incluso la de la víbora cascabel.

Pero con el tiempo, sus amigos y vecinos comenzaron a pedirle favores. Cuando a los niños se les hacía tarde para ir a la escuela, le pedían:

—Por favor, Flor, ¿nos puedes llevar?

Ella, con sólo dar uno de sus pasos gigantes, los dejaba en la puerta de la escuela. Hacía temblar las ventanas, ¡el edificio entero!

Cuando Flor por fin dejó de crecer, se hizo una casa tan
grande como una montaña y tan abierta como la garganta de
un cañón.

Con sus propias manos hizo un valle donde mezcló el
barro, la paja y el agua que necesitaba para hacer su casa.
También añadió algunas estrellas para que el adobe brillara.
Cantaba mientras trabajaba, y los pájaros, a su vez, trenzaban
nidos en su cabello.

—Mi casa es su casa —les decía a la gente, a los animales y
a las plantas, para que supieran que eran siempre bienvenidos.

Todos la llamaban Doña Flor, con mucho respeto.

Nadie necesitaba despertador en el pueblo de Doña Flor.
Cuando sus manos, grandes como platos, comenzaban a
amasar las tortillas, todo el mundo se despertaba. Las
apilaba sobre una enorme roca frente a su casa para que sus
vecinos tuvieran siempre qué comer.

Sus tortillas eran las más grandes y las mejores de todo el
ancho mundo.

Las que sobraban se utilizaban como techos. *Mmmm... ,*
las casas olían a maíz dulce con el calor del sol. En verano,
los niños las usaban como balsas, para navegar en el lago.

Un cálido día de primavera, mientras las lagartijas correteaban por todos los rincones de la casa, Doña Flor colocó en la roca un montón de tortillas recién hechas, pero nadie vino.

—¡Qué raro! —se dijo Doña Flor, y fue puerta por puerta llamando a sus vecinos.

—¿Qué pasa? —preguntó, mientras se agachaba para poder ver dónde estaban.

—¡El puma! —susurraron—. Los niños han oído a un puma rondando por el pueblo. ¡Escuche!

Flor prestó atención y, efectivamente, oyó un terrible gruñido: ¡¡¡*Grgrgrg!!!*

Doña Flor reunió a sus amigos los animales para ir a buscar al enorme gato, pero no lo encontraron. Esa noche volvió a casa llevando en brazos a sus cansados compañeros, los coyotes y los conejos. Pero cuando empezó a leerles un cuento antes de dormir, volvieron a oírlo: *¡Grgrgrgr!*

—¿Dónde estará ese gato del demonio? —se preguntó Flor.

Los animales, asustados, temblaban bajo las sábanas. Flor le dio a cada uno un beso gigante.

¡MUÁ! El sonido hizo eco y despertó al viento gruñón, que recorría enojado las colinas. Aquella noche, el viento, enfurecido, sopló con fuerza contra las casas y los árboles, primero por la izquierda y luego por la derecha, y después por la derecha y otra vez por la izquierda.

Para Doña Flor dormir era importante, por lo que no le hizo ninguna gracia escuchar al viento soplar por el pueblo. Ambos, el viento y el gato gigante, rugieron durante toda la noche y nadie pudo pegar ojo.

Con la salida del sol, los vecinos, asustados, se asomaron
a las ventanas. ¿Qué ocurría? Vieron entonces a Doña Flor
que, muy cansada, abrazaba al viento para calmarlo. Después,
se fue a hacer sus labores.

Doña Flor tenía mucho trabajo, pero miró a su alrededor.

¿Dónde estaban sus vecinos? Entonces volvió a escuchar el terrible ruido: *¡Grgrgrgr! ¡Grgrgrgr!*

Así que salió corriendo en busca del puma que tanto molestaba a sus amigos.

Por la tarde, completamente agotada y sin haber dado con él, se sentó a descansar frente a la biblioteca. Como era demasiado grande para entrar, sacaba los libros por la ventana. Era, sin duda, la lectora más rápida del mundo: se leía una enciclopedia en cinco minutos. Le encantaba sentarse a la sombra y leer cuentos y recitar poemas a los niños y a los animales que se sentaban a escucharlos en su suave regazo. Sin embargo, esta vez tuvo que llamarlos varias veces hasta que aparecieron todos muy asustados.

"¿Qué puedo hacer para alegrar a mis amigos?" —pensó Flor.

Entonces, se dio cuenta de que el pueblo necesitaba un río. Al momento excavó un cauce con sus propias manos. Cuando el agua comenzó a correr desde las rocas, gritó:

—¡Escuchen! ¿No es el sonido más maravilloso que jamás han oído?

Sonrió complacida con una sonrisa tan grande como sus tortillas. Pero sus vecinos tenían una expresión grave. Estaban demasiado preocupados por el puma y con razón, pues de repente se oyeron dos terribles rugidos: *¡Grgrgrgr! ¡Grgrgrgr!*

"¡Basta ya!" —se dijo Doña Flor, y una vez más salió en busca del puma, pero no logró dar con él. Regresó a su casa, y mientras cuidaba de su jardín, se puso a pensar. Su jardín era como un pequeño bosque que se encontraba a la salida del pueblo: un enredo de amapolas, campanillas, rosas y suculentos tomates y chiles. Todo lo que plantaba crecía tan rápido que uno podía escuchar las raíces extendiéndose durante la noche. Los vecinos usaban los girasoles como brillantes parasoles amarillos, y la banda de la escuela usaba las malvarrosas como trompetas. La música olía a primavera.

—Mis plantas crecen frondosas porque les canto como mi madre lo hacía —les explicaba Doña Flor a los niños cuando llegaban, de tres en tres, para llevarse una mazorca de maíz a casa. Pero esta vez, los pequeños salieron espantados cuando de nuevo escucharon el *¡Grgrgrgr!* El rugido hizo que temblaran no sólo los platos en las casas sino también los dientes de los vecinos.

"¿Dónde estará ese monstruo de gato?" —se preguntó Doña Flor. El olor de las rosas siempre la ayudaba a pensar, así que decidió entrar en la casa y tomar un baño caliente de burbujas. Todos sabían que cuando el aroma de las rosas salía por la chimenea, era que Doña Flor estaba meditando.

"Ya sé" —concluyó—. "Iré a ver a mis amigos animales para que me ayuden". Y salió a toda prisa. A su paso, les preguntaba a todos, pues como recordarán, ella hablaba muchas lenguas, incluso la cascabel.

—Vaya en silencio hasta la meseta más alta —le dijo el venado.

—Vaya en sssilencio hasssta la messseta másss alta —le dijo la culebra.

—Vaya en silencio hasta la meseta más alta —le susurraron los conejos.

Ella sabía que los animales eran muy sabios, así que siguió sus consejos. Caminó en silencio hasta la meseta más alta y buscó por los alrededores. Entonces, de repente, muy cerca, oyó el rugido: *¡Grgrgrgr! ¡Grgrgrgr!*

Flor dio un salto tan inmenso que chocó contra el sol y le puso un ojo morado.

Siguió rebuscando por todas partes y lo único que vio fue el lomo de un puma pequeñito.

Lo observó durante un rato. Luego, se fue acercando, de puntillas, poco a poco, cuando, de repente, el animal lanzó un enorme rugido a través de un tronco hueco, que retumbó en todo el valle.

El pumita, muerto de risa, se tumbó patas arriba riéndose sin parar, hasta que vio a Doña Flor.

—¡Ajá! ¿Eres tú la causa de todo este barullo? —le preguntó.

El pequeño puma quiso demostrar lo feroz que era. Sus ojos lanzaban chispitas, como de fuego.

Abrió la boca y mostró unos colmillos relucientes. Entonces lanzó su temible rugido: *¡Grgrgr!* Pero sin el eco producido por el tronco hueco, sonó más como un maullido.

Doña Flor le sonrió al felino valentón y le dijo:

—Pero si apenas eres un gato chiquitín, Pumito.

Se agachó, le rascó detrás de las orejas, le susurró algo en el idioma de los gatos y Pumito comenzó inmediatamente a ronronear: *Purrr, purrrrrrrrr.*

Y luego se puso a lamerle la cara a Doña Flor.

De repente, Flor escuchó voces:

—Doña Flor, ¿dónde estás? —gritaban sus vecinos, preocupados.

Aunque tenían miedo, habían ido todos, agarrados de la mano, a buscarla.

—Les presento a mi nuevo amigo —dijo Doña Flor, sonriendo.

Esa noche, Flor tomó una estrella, como solía hacer, y la colocó en el árbol más alto para que sus amigos pudieran encontrar el camino de regreso a casa. Después colocó otra sobre la puerta de su casa.

Hasta las estrellas podían escuchar su melodía.

A Flor le gustaba que su cama estuviera limpia y fresca.
Se alzó y se llenó los brazos de nubes que olían a brisa de
flores. Y se preparó una cama suave y profunda con colinas
de almohadas.

—Hummm —dijo muy bajito mientras se acurrucaba.

—Después de mi aventura con el gato gigante, estoy cansadísima, ¿verdad, Pumito? —susurró.

Todos los animales se acurrucaron junto a ella, y Pumito se tendió mimoso sobre los gigantescos dedos de los pies de Doña Flor.

PAT MORA escribe poesía, libros de no ficción y cuentos para niños. Es la autora de *Tomás y la señora de la biblioteca,* también ilustrado por Raul Colón, y *Una biblioteca para Juana,* ilustrado por Beatriz Vidal. Ganadora del National Endowment for the Arts Poetry Fellowship y del Kellogg National Fellowship, Pat Mora nació en El Paso, Texas. En la actualidad vive en Santa Fé, donde dedica gran parte de su tiempo a escribir, a la vez que aboga a favor de la educación multicultural. Da conferencias sobre literatura a maestros y bibliotecarios y visita escuelas a través de todo el país, para hablar con los niños.

RAUL COLÓN ha ilustrado maravillosos libros para niños. Su estilo es muy reconocido y solicitado no sólo por las más grandes casas editoriales, sino por importantes agencias publicitarias. Con una interesante combinación de acuarelas, lápices de colores y litho, Raul Colón ha creado para este libro magníficas ilustraciones que cautivarán y deleitarán tanto a niños como a adultos. Éste es su segundo trabajo en colaboración con Pat Mora. El primero, *Tomás y la señora de la biblioteca,* recibió el Tomás Rivera Mexican-American Children's Book Award. Raul Colón vive en la ciudad de Nueva York.